NANCY
LA ELEGANTE

por Jane O'Connor
ilustrado por Robin Preiss Glasser
traducido por Liliana Valenzuela

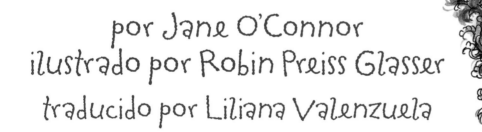

rayo Una rama de HarperCollinsPublishers

Para Margaret Frith,
una amiga *extraordinaire*.
(Esa es una manera elegante de decir
buenísima, en francés.)
—J. O'C.

Para Jessie, quien también usaba
diamantes de fantasía para
ir al kínder.
—R.P.G.

Este era mi
cuarto antes de
volverlo elegante.

Rayo es una rama de HarperCollins Publishers.
Nancy la Elegante
Texto: © 2006 por Jane O'Connor
Ilustraciones: © 2006 por Robin Preiss Glasser
Traducción: © 2008 por Liliana Valenzuela
Elaborado en China.
Library of Congress ha catalogado la edición en inglés.
ISBN 978-0-06-143528-7 (trade bdg.)
Diseño del libro por Jeanne L. Hogle
20 SCP 51
❖
Primera edición

Me encanta ser elegante.

Mi color favorito es el fucsia.
Esa es una manera elegante de decir morado.

Me gusta escribir mi nombre con un bolígrafo.
Esa es una manera elegante de decir pluma.
   Y me muero por aprender a hablar en francés porque
en francés *todo suena tan elegante.*

Nadie en mi familia es elegante.
Ni siquiera se les ocurre pedir el helado cubierto con confites.

Hay muchas cosas que no comprenden.
Como que...

Los calcetines con ribetes de encaje me
ayudan a jugar al fútbol mejor.

Los sándwiches sin duda saben más
rico cuando se adornan con palillos
de colores.

Una princesa siempre debe llevar su corona puesta.

—¿Qué ha de hacer una niña elegante? —le pregunto a mi muñeca, Mirabella.

Su nombre completo es Mirabella Lavinia Chandelier.

Luego se me ocurre una idea estupenda.

Esa es una manera elegante de decir muy buena.

Tal vez pueda enseñar a mi familia a ser elegante.
Diseño un anuncio y lo pego en el refrigerador.

Muy pronto alguien golpea a mi puerta.
Mi familia vio el anuncio y quiere comenzar las
clases lo antes posible.

El problema es que mi familia no tiene ropa elegante.

No importa. Voy a buscar —¿cuál es la palabra elegante? ¡Ah, sí!— los ornamentos.

¡Uuu-la-la! ¡Mi familia es muy refinada!
Esa es una palabra elegante para decir elegante.

—¿Por qué no vamos a un lugar elegante esta noche? —dice mamá, dando vueltas frente al espejo.

—¿Qué tal si vamos a cenar a La Corona del Rey? —sugiere papá.
¡Fantástico! Mis padres ya se están comportando de una
manera más elegante.

—¿Las acompaño, hermosas damas?
Nuestra limusina aguarda.

Mi papá es nuestro cochero.
Esa es una palabra elegante para decir chofer.

Cuando llegamos a La Corona del Rey, todos se voltean a mirarnos.
Seguro creen que somos estrellas de cine.

Me siento tan orgullosa de mi familia.
Comen con el dedo meñique alzado y
se dicen "querido" y "querida".

¡Querida!

—Para el postre, pidamos un *parfait* —dice mamá—.
Así se le llama a un helado cubierto de frutas, nueces y
crema en francés.

¡Increíble! ¡Mi mamá sabe hablar en francés!

Cuando nuestros parfaits están listos,
hago una reverencia y digo: — *Merci.*

Llevo la bandeja como una mesera elegante.

¡Upa! Me tropiezo. Me resbalo.

¡La bandeja da una voltereta doble!

Ya no me siento tan elegante.

Quiero irme a casa.

Después de asearme, me pongo mi albornoz. Esa es una palabra elegante para decir bata.

Me siento mucho mejor. Estoy lista para comer un *parfait*.

—Gracias por haberse puesto tan elegantes esta noche —les digo a mis padres.

—Te quiero mucho —dice papá.
—Te quiero mucho —dice mamá.

Y lo único que les puedo contestar es: —Los quiero mucho.
Porque no hay una manera mejor, o más elegante, de decir eso.